KB126117

시인의 이야기가 있는 행복놀이터

원주중앙시장

시 김장기

도서
출판 생각풀이

프롤로그

몹시 보고 싶었습니다.

무작정 만나러 갔습니다. 앞뒤를 따져보는 것보다 골목골목 짙은 정감을 느끼고 싶었습니다.

보고 싶고 만나고 싶은 것은 그리움이었습니다. 나는 그리움을 마음속에 담았습니다. 중앙시장 가는 길에 늦가을 감나무에 매달린 붉은 홍시 하나가 내 품 속으로 불쑥 들어왔습니다. 살포시 손바닥으로 떠 받쳤더니 사랑의 응어리가 되었습니다.

시장 골목길에는 인연들이 춤추고 환호하며 발걸음을 반겼습니다. 봄여름가을겨울 그리움을 붙들고 다녔습니다. 비릿한 생선 냄새와 흥청거리던 식당들, 김이 모락모락 피어나던 만두가게 앞에도 무심코 서 있었습니다. 익숙했던 모습들이 뿌연 기억 속을 날아다녔습니다.

나의 질긴 인연이었습니다. 갑자기 시장 바닥에 쭈그리고 앉아 수수부꾸미를 먹던 일이 몹시 그리웠습니다. 맑은 눈물이 한없이 쏟아졌습니다. 그리움은 햇살을 머금고 행인들의 발걸음을 따라 골목길을 옮겨 다녔습니다.

　상가 문을 열던 가게 주인도, 시장을 오가던 낯선 행인도, 덩그러니 서 있던 박건호 작가의 초상화도, 그리고 나의 그리움도 한 몸이 되어 시장풍경 속을 걸어 다녔습니다.

　자투리 같은 기억들을 짜 맞추며 그리움 속으로 시간의 돛대를 달고 돌아다녔습니다. 생생한 인연을 붙잡으려고 발걸음의 스위치를 누르고 또 눌렀습니다. 이제야 내 삶과 하나가 된 그리움의 정감을 풀어놓았습니다.

　짙은 그리움이 스며있는 원주중앙시장이었습니다.

2021. 11. 10

달샘 배상

C O N T E N T S

제2편 담장 안의 정감 _53

제1편
담장 밖의 공감

시장 사람들

때가 되면
반드시 만날 사람들은 만난다며
질긴 인연을 말했습니다.

시장 사람들은
얼마나 친구가 보고 싶었으면
대문짝만한 크기의 '또래 오래'라는
길가의 그리움을 불쑥 내밀었습니다.

이름 모를 낯선 이들의
발길을 붙들고 싶어서
시장통 맛집마다
정겨움과 푸짐함으로 다가가는
열린 마음을 풀어 놓았습니다.

하긴 나도 긴 세월을 떠돌며
몹시 친구가 그리운 것을 보면
대문짝만한 기다림을 껴안고
벌써 시장 사람들을 만나는가 봅니다.

그리움

내 곁에 있어도
내 곁에 없어도

내 인생 위로 흘러가는
질긴 인연들

바람을 타고
심장 속으로 밀고 들어와
혈관을 타고 흘러가던 감성 곡조들

끝없는 생체리듬이 되어
나를 휘감고 돌던 삶의 자기장들

눈

얼마나 보고 싶었으면
밤새 소리 없이 내려왔나 봅니다.

밤하늘 허공에서 흘린 눈물이
세상을 하얗게 덮었습니다.

인생 노래

원주중앙시장은
가는 길목에도
쉬는 길목에도
오는 길목에도

만나는 모든 것들이
노래를 불렀습니다.
함께 어울려 살아가는
인생 가락이었습니다.

굽이진 골목도
늘어진 광경도
휘어진 사람도
헤어진 물건도
마음에 담아 놓으면
가지런한 인생 노래가 되었습니다.

희망을 기약하며
끈질기게 살아온
긴 세월 때문이었습니다.

우리 집

둘이 만나 둘이 더 생겨
넷이 살다가

둘이 다 커버렸다며
둘 사이를 떠나갔어도

날마다 넷이 되기 위해
둘이 둘을 기다리는 집

언제나 잔잔한 그리움이
둘과 둘 사이를 흐르는 집

성원공인중개사

그녀는
내 아내입니다

몇 달째 비지땀을 흘리며 발걸음을 팔아도
소나기 쏟아지던 차 안에서는
거친 하소연을 흙탕물처럼 쏟아냈습니다.

약아 빠진 사람들은 눈으로 홈쇼핑만 하지
제 때에 매매하지 않는다며
집 소개하고
땅 파는 한스러움을 쏟아냈습니다.

월 셋방 전세방 매매 아파트
기껏 물주고 거름 주며 키워 놓으면
전혀 아랑곳하지 않고 자기 입속으로
날름 삼켜버리던 홈쇼핑^{home shopping} 동종업자들

얼굴빛이 보드랍고 얇은 내 아내는
얼굴이 두툼해야 겨우 살아남는다며
이기심이 깃든 화장발로
뽀얀 얼굴빛을 감출 때마다
곁에 앉아 있던 내 마음에도
흙탕물이 흠뻑 쏟아졌습니다.

그녀는
내 아내입니다.

원주역

때론 나의 딸들은
꽃이 되어 청량리에서 왔습니다.

흰 색 검은 색 자가용들이
서로 앞 다투어
택시 승강장의 사각지대를 파고들면

하행선 무궁화호를 타고
반가움에 달려 온 우유 빛 얼굴들은
뭉클거리던 가슴을 내밀고

환하게 밝아진 역전 광장에선
만남이 기쁨이 되어
부지런히 포옹을 나누었습니다.

또한 나의 딸들은
바람이 되어 원주역을 떠났습니다.

상행선 무궁화호를 타기 위해
약속 없는 발걸음들은
황색 경계선을 넘어가고

서서히 굴러가던 기차 바퀴의 굉음소리
이별은 그리움의 눈빛이 되어
애처롭게 두 손을 흔들었습니다.

만남과 이별의 통로가 되어
청량리와 원주역 사이를
오고 가는 일들이 잦아들면
꽃으로 오고
바람으로 가는 생生의 인연들

오고가는 길에 만나는 길손들은
눈빛만 마주쳐도
서로 반가운 미소를 지었습니다.

다인다색

같은 시간 속에서도
같은 공간 속에서도
함께 바람 속에서 살아가고 있어도
삶의 형식은 제 각각이었습니다.

헐렁한 환자복을 입은 아저씨는
성지병원을 몰래 빠져 나와
술 마시기 좋은
시장 맛집을 찾아 방황하고

꽉 낀 청바지를 입은 아가씨는
일방통행 노선에서
무단 횡단하며
팔걸이 남자 친구를 신경 쓰고

각 진 군복바지를 입은 할아버지는
낡은 자가용을 몰며
비좁은 골목길
역주행 운전 솜씨를 뽐내고

헤어진 청자켓을 입은 학교 밖 청소년은
신형 오토바이를 세워놓고
살아가야만 할 목적지도 없이
자기 신세를 잊은 듯하고

방황하듯이
예민하듯이
뽐내듯이
잊은 듯이
살아가는 낯익은 사거리 풍경

모두들 제멋대로인 것 같아도
중앙시장 길목을 지키던
무지개빛 합창소리였습니다.

행상

앞뒤 중앙시장의 끝자락에는
자유시장 풍물시장이 이어지고
썬 캡을 눌러 쓴 길거리 행상들이
덤 한 줌 쥐어 주며
푼돈벌이에 정신이 없었습니다.

손님을 불러 세우던 목소리는
허름하고 값싼 가격을 입에 매달고
한 봉지에 이천 원씩
함지박에 한가득 담아 놓으면

제철을 만나 인기가 좋은
깻잎과 오이와 풋고추와 가지와 호박은
투박한 손에서 손님 손으로
헐값에 춤추듯이 팔려 나갔습니다.

낱장 같은 비닐봉지 몇 개씩을 양손에 들고
묵직하게 돌아서던 동네 아줌마들
쌈지 돈 이천 원도 아까웠던지

한 움큼씩 더 달라고 떼를 쓰면

수북이 쌓여 있던
이천 원짜리 검은색 비닐봉지들은
금방 밑바닥을 보이며
쉴 새 없이 돈주머니를 채웠습니다.

이 손에서 저 손으로 팔려나가던
깻잎과 오이와 풋고추와 가지와 호박은
골목골목 행상 주인의 마음이 되어
그날그날 싼 게 비지떡이라며
이 골목 저 골목 입소문을 냈습니다.

겉늙은 행상 주인의 주름살은
이 날만큼은 U자형 턱 주름이 되어
삼백육십오일 오늘 같았으면 좋겠다며
담 들린 어깻죽지를 활짝 폈습니다.

바람

A도로와 B도로
C도로를 가로질러

허겁지겁 달려온다고
모든 게
신바람 나지는 않았습니다.

한여름에는
무척 그립고 반가웠어도
한겨울에는
무척 성가시고 불편했습니다.

내 삶처럼

홍시

황토벽 담장 너머
빈 나무가지 끝에 매달린
붉은 노을 하나

겉살이 붉게 물들어가고
속살이 곱게 익어 갈 때에
배고픈 까치 떼에게
선뜻 제 몸을 내어 주면

터 진 몸에선
선홍빛 붉은 눈물을 흘렸습니다.

나무가지에 앉은 까치 떼의 입술에는
붉은 노을이 물들었습니다.

폐업

멀쩡한 옷가게 하나가
끝까지 남들 눈에는 멋있게 보이려고
낮인데도 밤인 것처럼
화사한 수은등을 켜 놓고
겉과 속이 환히 비추이던
투명 칼라의 무채색 속옷을 입었습니다.

하지만 중국산 코로나 19 때문인지
집체만한 유리창 귀퉁이에는
힘겹게 버티고 서 있던
생계유지 활동의 마침 표식들
점포임대
재고정리
왕창세일

매매 양식 위에 붉은 도장이 찍히면
땡 처리 헐값에 우후죽순 벗겨질
옷 고리에 매달려 있던 화려한 옷가지들

가게 주인의 속마음도 모른 체
두 눈 뜨고 멀쩡하게 재난지원금을 받아
팔자에도 없는 호강을 누렸다는
속된 말을 듣고 싶지는 않았는지

햇살이 스며들던 양지 녘과는 달리
한 서린 옷가게 주인의 얼굴 위에는
거친 몸살 끼가 맴돌고 있는지
우중충한 잿빛 하늘이 떠돌았습니다.

날씨

한여름 불볕더위가 쏟아지면
시장통 사람들은
추운 겨울을 그리워했습니다.

한 달씩 찜통더위에 파묻혀
밤낮 땀을 흘리던 불가마 세상

한여름 날씨 방송에도
반쪽자리 한반도는 붉은 색 뿐

하지만
꽁꽁 얼어붙은 한겨울에는
온통 붉은 색이면 좋았습니다.

시장 모퉁이

우연히 가던 길을
멈추고
잠시 뒤를 돌아보았습니다.

그리고 다시
갈 길을 쳐다보았습니다.

가던 길과 갈 길 사이에는
걸어 온 만큼
걸어 갈 만큼
굴곡진 모퉁이들이 보였습니다.

골목길과 골목길을 이어주던
마법의 문이었습니다.

앞서 가던 사람도
뒤 따라 오던 사람도
눈 깜짝할 사이에 사라지던
골목길 타임머신이었습니다.

미로공방

중앙시장과 자유시장이 맞닿은 이층에는
꿈을 품고 날아 온
젊은 새들이 집을 지었습니다.

하지만 먹고 사는 것이
정말 힘이 들었는지

잠시 반짝이는 꿈을 꾸다가
떠돌이 철새가 되어 떠나가고

좁은 미로와 미로 사이에서
누군가는 철새가 되고
누군가는 텃새가 되는
소문들이 무성했습니다.

한 무리는 날아가고
한 무리는 터 잡으며
낡은 문패를 갈아 끼웠습니다.

아무리 새 꿈을 꾸며
문패를 닦고 또 닦아도
비좁은 공방에서 먹고 사는 일은
떠돌이 철새였습니다.

빨간 날

다 같이 노는 날이라고
수선가게도 버젓이 놀았습니다.

나는 그런 줄도 모르고
아쉬운 마음으로
텅 빈 가게 앞에 서서
발걸음을 돌리지도 못하고
건물 안을 뚫어지게 응시했습니다.

어쩜, 더 이상 기다리는 것이
미련 곰탱이 짓 같아서
걸어갔던 길로 다시 내려왔습니다.

골목길 모퉁이에 세워놓았던
휴업 안내판에는
이 달의 빨간 날들이 빼곡했습니다.

홀로 찾아갔던 중앙시장 수선가게 앞
빽빽한 이기심 탓인지, 날선 객기 탓인지

푸른 하늘 위에 깃든 미련들이
오늘은 빨간 날이라며
태극기를 휘날렸습니다.

시장통에서
바느질삯으로 먹고 사는 일보다
허탕 친 마음이 더욱 불편했는지
먹고 살만 하니 빨간 날도 마음껏 논다며
애꿎은 국경일만 탓했습니다.

만남

벌써 시장 골목길은
푹 익었는지

이 가게 저 가게를 기웃거리거나
머리가 희끗한 가게 주인들과
잠시 눈이라도 마주치면

오래 인연처럼
상투적인 말투를 섞어가며
고운 인연들을 껴안았습니다.

시장풍경 1

매일 중앙시장으로 달려갔어도
지루하지는 않았습니다.

봄여름가을겨울 미련스러운 것인지
층층이 발걸음을 쌓으며 찾아갔어도

나의 그리움은 힘 센 두 손이 되어
잘록한 발목을 붙잡고

쉴 새 없이 내 마음을
뒤흔들어 놓았습니다.

시장풍경 2

추운 겨울이
불쑥 시장 바닥으로 뛰어 들었습니다.

골목길을 독차지하고 싶은지
얼음덩어리를
좌판으로 깔아 놓았습니다.

깃 달린 털모자와
두툼한 몸매를 칭칭 감고 걸어가던
골리앗을 닮은 겨울 외투들

하지만
한여름에는 시원하게 나시티를 입고
근육질을 뽐내던
불량 끼 섞인 무리들은
어디에도 없었습니다.

매서운 북풍한설의 냉기가
소리 소문도 없이

골목골목 날건달들을
깡그리 몰아냈습니다.

시장풍경 3

출근길의 소음들이 경적소리를 울리고
태산 같던 리어카를 힘껏 끌며
폐지 줍던 할아버지의 생계활동

갑자기 휙 하고 스쳐 지나가던
퀵 배달 오토바이의 진동소리
온종일 장바구니를 들고
먼 거리 행군이 되어 찾아 올
반가운 손님맞이 예행연습을 합니다.

무뚝뚝한 얼굴들이
아침 표정관리를 하는지
뒤늦게 가게 문을 열며
해맑게 인사를 합니다.

매일 태산 같은 폐지를 줍고
똑같은 경적들이 힘차게 울려 퍼져도
골목골목 시원하게
눈 뜨기는 힘이든가 봅니다.

뒤 늦게 반짝이며 깨어난 아침 하늘도
출근 시간에 쫓기어 세안을 못했는지
이내 먹구름 속으로 얼굴을 감추었습니다.

나도 민낯의 시선들과 마주치기 싫어
귀달이 겨울 방한모자와
하얀 KF94 마스크 속으로
유독 잘생긴 내 얼굴을 파묻었습니다.

시장풍경 4

두껍게 겉옷을 껴입은 가게 주인의 바지춤 사이로 파리한 오
리털 하나 새어 나온다 시끄러운 아침 마당에서 파르르 떨고
만 있다 아직 햇살은 얼굴조차 내밀지 않고 횡 길 너머 넋이
나간 네 박자의 대중가요가 거리를 휩쓸고 날아가며 흥얼거린
다 마주보고 서 있는 건물들 사이사이 밤새 붉은 등 아래에서
놀다가 꺼내 놓은 비릿한 알코올 냄새가 코끝을 두드린다 길
건너편 그릇 가게 앞에는 밤새 세워 두었던 짐차가 말썽거리
가 되었는지 인정사정 볼 것도 없이 퉁명스럽게 따져 묻는다
딸랑거리는 손님맞이 경종이 울릴 때까지 아침은 침묵을 잃어
버린 체 파리한 햇살 한줌만을 껴안고 바람에 휘 날린다

시장풍경 5

남자도 여자도
어른도 아이도
한국인도 이방인도

모두들 시장풍경 속의 인물화였습니다.

아침부터 저녁까지
다 함께 걸어오고
다 함께 걸어갔습니다.

싱글벙글 눈짓도 보내며
보글보글 냄새도 풍기며
시끌버끌 소란도 떨구며
새콤달콤 입맛도 다지며
살랑살랑 바람도 느끼며

모두들 시장풍경 속에서
눈코귀입과
감미로운 촉감들이
신나게 춤을 추었습니다.

그렇지만
모두들 한 통속이 되었는지
밤늦은 시간까지도
시장통을 휘저으며 돌아다녔습니다.

기억 속에서

화려한 아웃도어^{outdoor}의 계절상품들이
곳곳에 즐비했습니다.
골목 중간 중간 수선 집들은
양념처럼 베여있었습니다.

휴지통 옆 낡은 자판기를
두 손으로 쾅쾅 두드리며
청량 음료수를 꺼내먹던
시골 할배의 오랜 갈증도

푸줏간에서 건네 준
묵직한 비닐봉지를 들고
날렵하게 시장통을 **빠져** 나가던
몸 **빼** 입은 이방 여인의 발걸음도

세월만큼
풍경만큼
사람만큼
물건만큼

시장풍경 속에서는
흑백사진으로 변했습니다.

시장통에 새겨놓은
오랜 나의 기억들은
복고풍의 흑백사진이었습니다.

빗나간 날씨 보도

태풍 솔릭이 북상하며
떠들썩하게 화젯거리가 된 것과는 달리
세심한 빗발들이 도로를 뭉개고 있었습니다.

하늘색 유성 잉크로 버스라고 써놓은
중앙시장 가는 버스정류장

바람난 늙은 노인네 둘이 아옹다옹 충돌하는지
서로 가는 방향은 같아도
목적지가 다른 지 삿대질을 쏟아냈습니다.

나이를 먹고도
함께 화합하며 사는 것이
왜 이렇게 힘이 든 것일까요.

기상청의 틀린 날씨 예보 때문에
태풍 솔릭이 지나가지도 않은 길목에서
앞 다투어 휴교령을 내리고
한바탕 도시가 거친 소란을 떨었습니다.

버스승강장 옆 포장마차에서도
창문 위에 붙여 놓은 청색테이프를 잡아떼며
태풍 길목도 아닌데 크게 호들갑을 떨었다며
기상청의 엇갈린 일기예보를 놓고
생계형 일자리들이 핏대를 세웠습니다.

온통 도시 전체가
빗나간 날씨보도의 뒤 끝 때문에
바람이 없는 날에도 세차게 흔들렸습니다.

전시 상품

과일가게도
과자가게도
그릇가게도
생선가게도

그리고
낯 뜨거운 속옷가게도

하루 종일
사람들 마음을 훔치려고
자작극 패션쇼를 열었습니다.

오징어 건조

맛 집들이 늘어선 비좁은 골목길
나란히 스무 마리씩
처마 밑에 매달려
소형 분무기에서 뿜어져 나오던
물세례를 흠뻑 받았습니다.

매끈하고 반질반질하던 온 몸은
하얗게 분이 거듭 날 때까지
햇살과 비와 바람과 눈을 맞으며
오랜 세월을 기다렸습니다.

하지만 어물전 처마 밑에서
술꾼들이 쳐다보며 입맛을 다질 때면
붉게 달아오른 연탄난로 위에서
전신 공양을 드렸습니다.

햇살과 비와 바람과 눈을 맞으며
겉과 속이
야무지게 익어갈 때에는
제 몸을 공양미로 내 놓았습니다.

불에 탄 미로공방

폭삭 미로시장이 검게 불타고 나서
시장바닥의 A4용지만한 신문 쪼가리에는
원주시청에 살던 검은 고양이 떼와 쥐 떼들이
혼줄 내고 혼줄 나던 장면을 보았습니다.

방심하고 있던 어느 순간에
자기 차례가 되어 고양이 앞으로 불려 나갈지
옹기종기 모여 앉은 쥐 떼들은
거센 부름을 기다리며 떨고 있었습니다.

의사봉을 비딱하게 들고 앉아 있던
몸집이 큰 시의회 의장 양반
요란스럽게 방망이를 두드리며
쥐 떼를 향해 야단을 쳤습니다.

온갖 자기자랑을 쏟아내며
틈틈이 겁박하던 몇몇 고양이 떼들과
엉뚱한 답변에 기가 죽은 쥐 떼들의 얄궂은 표정
그날은 시의회 임기 마지막 날이었는지

눈 밖에 난 쥐 떼들은
하나 둘 떠나가던 고양이 떼를 보며
이판사판 딴 짓도 했습니다.

덩치 큰 늙은 대장고양이는
뽕 망치를 들고 넓은 회중을 둘러보며
오늘은 고양이 떼도 자리를 많이 비웠다며
입버릇 마냥 자기편도 혼 줄을 냈습니다.

마지막 귀퉁이 기사를 읽고 있던 나는
혼줄 내고 혼줄 나던 떨떠름한 광경을
제 정신으로는 이해할 방법이 없어
인정사정없이 양손으로
신문 쪼가리를 뭉개 버렸습니다.

내 마음 속 검은 끌음 들은
끝없이 맑은 하늘을 뒤덮고 휘날렸습니다.

생방송 인생 다큐

너 댓이 장터 대포집에 모여 앉아
산 세월을 풀어놓으면
쉬이 끝날 것 같지 않은
생방송 인생 다큐를 틀어놓았습니다.

눈앞에 놓인 소주잔과 어울려
한나절씩 입담은 넘어 갔습니다.

넙죽 죽치고 앉아 있어도
자릿세를 끊어야만 할 판에
대포집 할매의 눈치 없는 손길은
팔다 남은 두부 한모와 먹던 김치를 뒤섞어
긴 세월 함께 산 말동무 값이라며
슬그머니 주방 위를 넘어 왔습니다.

너 댓 중에 말주변이 전혀 없어
아쉽게 인생 다큐의 줄거리가 끊어지면
자식새끼 농사지었던 기막힌 세월,
겨우 한 토막꺼리 인생이야기를 꺼내 놓으면

너도 나도 새끼 자랑에 넋을 잃고
줄줄이 추임새가 넘어 갔습니다.

그렇게 너 댓이 널브러진 대포집에는
이른 대낮이건 때 늦은 저녁이건
한 세월 시장통에서 살았다는 인연만으로도
그날 그 시절의 눈부신 인생 이야기들이
산 세월을 훌훌 털어버리며
매일 생방송 다큐가 되어
골목골목 입소문을 타고 흘러갔습니다.

교촌 가는 길

중앙시장을 조금 벗어난 곳에서
허름한 고갯길을 오르던
도시 외곽의 언덕배기
간간히 서 있는 옛집들은 향수를 풍겼습니다.

여전히 회오리치던 대형스피커에는
과거의 유행가들이
부지런히 고갯마루를 기어올랐습니다.

잠시 잠깐 헐떡거리며 쉬어 가는
가파른 교촌마루의 쉼터 풍경

집집마다 붙은 철거용 이정표들은
낡고 허물어진 담벼락 사이에서
하나 둘씩 돌아서 앉고

세월 따라 바람 따라
언덕배기를 장식했던 옛날 옛 정취들은
낡은 집 서너 채가 마주보던

흙투성이 문지방 너머로 사라졌습니다.

그래도 누군가는
아직도 온 동네가 제 집이라도 된 듯이
어쩌다 마을을 찾아오던 발자국 소리를 반기며
담벼락을 넘나들던 대중가요를 불렀습니다.

다행스럽게도 교촌 길 접어드는 길목부터
향수에 깊이 젖어 든 대중가요는
오늘도 회오리치며 고갯길을 올라갔습니다.

인근 새벽 시장

여명이 밝아오면
새벽을 맞이하는
원주천 둔치에는
여름이 가득하다.

제2편
담장 안의 정감

장사꾼 일생

내가 산 장터 인생은
서로 부둥켜안고
셋 길로 이어진 길

곧게 뻗은 직선 길은
힘껏 뛰어가면
금방 끝나던 허기진 노선

굽이굽이 커브 길은
중심을 잃으면
한쪽으로 쏠려가던 굴곡진 노선

직선은 숨이 차고
곡선은 휩쓸려도
앞만 보며 달렸더니

끝내 뒷덜미를 붙잡혀
머뭇거리던 어설픈 현실

오늘 만큼은 쉬어가라는
한번 뿐인 인생 대장정

강남언니 2호점

강남구 신사동 가로수 길에만
눈길을 끌던
예쁜 강남언니만 있는 게 아니었습니다.

내가 심심할 때에
또는 기분 전환이 필요할 때에
무턱 되고 찾아가던 원주중앙시장

사계절 내내 허스키한 목소리로
손님들을 끌어 모으던
만 원짜리 목소리들

짐수레를 끌던
숫총각의 속마음을 훔쳐내던
강남언니 2호점도 있었습니다.

가방 신발 악세사리 향수 시계 등
번쩍 번쩍 빛이 나고
향기를 뿜어내며

전신을 화려하게 꾸며 줄
꿈에 그리던 고가의 명품 물건들

가녀린 어깨에 핸드백을 메고
하이힐을 신고
또박또박 걸으며
내 마음 위를 걸어가던 예쁜 강남언니들

벌써 재래시장 곳곳을 돌며
짙은 향수 냄새를 풍겼는지
얼굴 표정은 무관심한 듯해도
눈살을 찌푸리며
신경질을 쏟아내던
화장품 샵^{shop}의 돌싱 최씨 아줌마

그녀는 석양빛이 물들어갈수록
더욱 짙어진 선글라스와
홍조 빛 입술이
예쁜 강남언니를 닮아갔습니다.

원주시 중앙동 센트럴마켓에는
전신을 명품으로 치장하며
숫총각의 마음을 훔쳐내던
강남언니 2호점이 있었습니다.

마음 속 깊이 담고 살아도
평생 잊어지지 않을
눈부신 기다림이었습니다.

2등 전문 복권가게

열다섯 번도 넘게 2등만 당첨되었다며
가게 간판같이 큼지막하게 걸어놓은 현수막

"2등 또 터졌다!"

매번 기대감을 갖고
매주 발걸음을 팔며 찾아갔어도
꽝만 터지던 나는
2등 전문 복권가게의 단골손님이 아니었습니다.

세일마당

전국 옷가게 체인점 뱅뱅^{BangBang}에는
발라드 음악이 쏟아져 나오고
리어카를 개조한 횡렬의 옷 수레 위에는
수북이 쌓여 있는 사시사철 옷가지들

무심코 길을 지나가던 손님들이
길가에 늘어선 계절 옷더미를
한 두 번씩 재미 삼아 들썩거렸는지
목덜미에 달아 놓은 가격표들이
죄다 앞뒤로 뒤집혀 있었습니다.

검은 색 빵모자를 푹 눌러 쓴
동남아 계열의 키 작은 두 사람도
어설픈 눈매로 옷더미를 뒤척이다가
이내 마음이 돌아서 버리고

나도 텅 빈 시장 골목길을 맴돌다가
노을빛 그림자를 따라
길게 늘어선 발라드 음악 앞에 서서

내내 망설임과 한 짝이 되어
옷더미를 향해 다가갈 것인지 말 것인지
못난 유혹을 물씬 끌어안았습니다.

어둠을 뚫고 집으로 돌아가야만 할 시간
벙거지 모자를 눌러쓴 어설픈 눈매가 되어
두툼한 검은 색 패딩을 살며시 들추었더니
세일가격은 99,000원이었습니다.

잠시 옷더미를 향해 다가섰던 미련은
사늘한 등 뒤의 허공 속으로
발라드를 타고 유유히 날아갔습니다.

내겐 발라드보다
국민가요가 잘 어울렸습니다.

휴일 풍경

일요일 오후 네 시경
늙은 노인네 둘이
펑퍼짐한 엉덩이를 간이의자에
찰싹 붙여 놓았습니다.

시간은
제멋대로 흘러가는 줄도 모르고
붙박이 의자가 되어
웃고 떠들며
주말 오후를 보냈습니다.

거리에는 수문을 박차고 오르던
산천어 떼들이
물길이 없는 곳에서도
시간의 모조품이 되어 거슬러 올라가고

뿔테 안경을 쓴 커다란 눈동자의
국민 작곡가 박건호 선생의 초상화만이
포토 존 구역의 노을빛을 맞이하며

텅 빈 골목길을 전신으로 끌어안았습니다.

60년 전통의 원조 같은 안동반점에는
오후 내내 손님이 하나 없어도
불 커진 텅 빈 식당에서
달짝지근한 자장면 냄새를 풍겼습니다.

그저 할 일 없이 사는 것이
이유 없이 죄스럽기만 한 것인지
일요일 오후 내내
시장골목을 떠나지 못한 터줏대감들

단골손님이 하나 없어도
허기 진 시간을 붙잡고
텅 빈 골목길을 지켰습니다.

튀김가게

내 옆에는 따뜻하고 향기롭던
그녀 생각이 물씬 났습니다.

종종 끼니를 때우러 가는
원주시 중앙동 센트럴 마켓에는
키 작은 꼬맹이들이
눈앞에서 알짱거리며
갈 길을 훼방 놓았습니다.

천진난만한 동심의 눈빛들이
무엇에 끌리고 홀렸는지
등 뒤에 제 몸보다 두 배는
덩치 큰 어른이 뒤따라가고 있어도
비좁은 시장통로의 앞줄에 서서
머리통과 몸통과 눈빛을 좌우로 흔들며
훼방꾼이 되어 걸리적 거렸습니다.

맨 뒷줄에 서서
호기심으로 아이들의 눈빛을 따라가면

눈과 코와 입맛을 한껏 사로잡는
수수부꾸미 부침개 전병 빈대떡들이
입가에 참기름을 번지르르 바르고
철없는 꼬맹이들을 유혹했습니다.

이것뿐만이 아닙니다.

나도 앞뒤가 꽉 막힌 비좁은 통로에서
머리통과 몸통과 눈빛을 좌우로 굴리며
온통 그녀의 유혹에 빠져
한동안 넋을 잃고 서 있어야 했습니다.

시장통을 지나갈 때마다
그녀의 유혹은
매번 나의 갈 길을 가로막았습니다.

죄다 오천원

중앙시장 골목길에는
좌판대가 전봇대처럼 늘어섰습니다.
잠시 틈만 보이면
사람들을 불러 세웠습니다.

"이게 오천 원인데 더 줄께,
　와 봐요!"

이것도 오천 원
저것도 오천 원
소쿠리에 담아놓은 메이드인 원주는
죄다 오천 원이었습니다.

원주에서 생산한 야채 가격은
한 가지 뿐인데도
입으로는 손님손님 부르며
통 크게 선심 한 번 쓰듯이
손에는 한 움큼씩 덤을 움켜잡으며
무작정 행인들을 불러 세웠습니다.

나도 몇 년째 원주에서
터 잡고 함께 살았더니
시장 골목에 전봇대처럼 깔려 있는
오천 원짜리인가 봅니다.

가격 흥정

꼭 사고 싶은 것이 무엇이길래
지물포 안에선
큰소리를 빵빵 치며
쥐구멍 사이로 말이 새는 것일까요.

대포만한 확성기를 틀어 놓았는지
굵직한 저음의 동굴 목소리와
날카로운 고음의 사이렌 소리가
빈 틈 사이로 흘러나가고

겁먹은 가게 주인과는 달리
물건 살 사람의 목청소리가
정신없이 공간을 뒤흔들며
혼비백산魂飛魄散 가격을 흥정하는 순간

계산대에서 밀려난 가게 주인은
손님들 생떼를 못 이겨
자신이 주인인지도 모른 체
겁 없이 물건 값을 내리 깎아 줍니다.

비좁고 호리호리한

가게와 가게 사이를 지나가던 나는

대낮부터 싸움판이 난 줄만 알고

국번 없이 112에 전화를 걸 뻔했습니다.

주인을 한쪽 귀퉁이로 몰아세우며

날카로운 송곳니를 드러내고

합세하여 가격흥정을 몰고 가던 손님들이

먼저 계산대 위에

승리의 깃발을 꽂았습니다.

한쪽 귀퉁이로 물러났던 주인은

커다란 두 눈만 껌뻑껌뻑

매서웠던 가격흥정의 여운이 감도는지

한동안 꼬리를 바싹 내렸습니다.

슈즈마트

모두들 제대한 날이 얼마 안 되었는지
차렷 자세로 진열대 위에 서 있습니다.

어게인^{again} 슈즈마트,
또는 예쁜 수제화 신발가게

어디에서 누구에게 군기를 잡혔는지
목이 길거나 짧거나
품이 크거나 작거나

각이 선 눈빛으로 반듯하게 서서
여인들을 유혹하는 법을 배웠을까요.

허리춤 정도의 진열대 위에는
나이키 르카프 등 브랜드를 대표하거나
앞줄에 서 있거나
뒷줄에 서 있거나
강렬한 마음가짐으로
그녀들의 사열을 기다립니다.

부드러운 손길이 살짝 닿기만 해도
한걸음에 그녀의 여린 품속으로
무한정 에너지를 쏟아 부으며
보폭에 맞추어 뛰어 나갈 기세

그녀의 따뜻한 발이 되어
눈이 오거나 비가 오거나
포근하게 품어줄 희생정신

오늘은
세찬 비바람이 불어와도
끈조차
제멋대로 흔들리지 않았습니다.

치킨가게

중앙시장에는
치외법권 지역인
눈요기 누드 공화국이 있습니다.

백색 검은색 갈색들은
펄펄 끓던 구이통 속에서
구릿빛 살색으로 산화하며

신나게 주문받고
급하게 튀겨내며
발 빠르게 배달을 합니다.

겉옷을 홀딱 벗고
바싹 기름에 튀겨진
낯 뜨거운 구릿빛 각선미들

일 년 내내 발가벗고
돈벌이에 정신이 팔려
부끄러운 줄도 몰랐습니다.

한복가게

시장 골목길 한복집 앞을
무심코 지나가던 중이었습니다.

고풍스러운 한복집 때깔을
그대로 마음에 담았더니
절로 채색 빛 상상이
온 몸을 휘감으며 날아올랐습니다.

너른 하늘에서 땅으로
눈부시게 날아다니던 선녀의 날개옷들
채색 빛 감흥이 윈도우^{Window}에 내려앉았더니
시장 골목길에는
트롯가요제 열풍을 일으켰습니다.

줄지어 대기표를 뽑아든 선녀들이
단아한 정감을 풍겼습니다.

과일 삼형제

늦가을이 되면
크지도 넓지도 않은
한 평 남짓의 자판대 위에는
세 줄로 가지런히 자리를 잡고
닮은꼴 삼형제가 앉아 있었습니다.

첫째 줄에 앉아 있던 큰 형은
손끝으로 툭 건드리기만 해도
터질 것만 같은 대봉감 홍시들이
온 몸을 꿈틀거렸습니다.

둘째 줄에 앉아 있던 둘째 형은
바다향기를 품은 고흥산 석류들이
탱탱한 속살을 감추며
부끄러운 듯이 수줍어했습니다.

셋째 줄에 앉아 있던 막내는
텃새를 부리던 치악산 사과들이
저녁노을을 껴안고

온 몸을 붉게 물들였습니다.

나란히 자판대 위에 모여 앉은 삼형제는
늦가을 홍조 빛 팔도마당
붉은 노을들이 혀끝마다 군침을 삼키며
풍요로운 가을축제를 열었습니다.

할인가게

제법 신바람이 났습니다.
시작 노트를 들고
일수쟁이가 되어
중앙시장을 돌아다녔습니다.

나는 중앙시장 가는 시詩쟁이
매일매일 눈도장을 찍고
숨 가쁘게 발도장을 찍으며

여기저기 마음을 빼앗기고
슬그머니 다가갔습니다.

다가서는 곳마다
한참씩 발걸음을 붙잡혀
갈 길을 잊고 머뭇거렸습니다.

오늘은 앞뒷집 사장이 없는 날인지
맛보기들이 죄다 고개를 치켜세우며
발걸음을 흔들어 놓았습니다.

줄줄이 반토막 할인가격으로
내 마음을 유혹했습니다.

국수집 할매

숱한 일란성 쌍둥이들이 한날한시에 태어났는지
곧게 뻗은 길가의 음식점 소쿠리에는
어디를 가도 값싼 양철기계에서
똑같이 찍혀 나왔을 법한 은빛 그릇들이
층층이 쌓여 있었습니다.

콩나물과 햇김치를 담은
작고 소박한 접시와
냉면 대접에 수북이 담긴 국수 면발들은
양철 쟁반 위에 담겨 나오던
할매칼국수 집의 해묵은 메뉴였습니다.

국수집 할매는
그냥 먹어도 맵고 칼칼한 칼국수를
청량 고추와 양념간장과 고추 소스를 곁들여
무겁게 한 상씩 내어 줬습니다.

매일 할매집을 갈 때마다
냉면 그릇에 수북이 담긴 국수 면발들은

줄줄이 입안에서 끊어지기도 전에
먹고 또 먹어도 매번 불어 터졌습니다.

그런데
할매는 터진 국수 면발에는
전혀 관심이 없는 듯했습니다.
배불리 먹다가 죽으면 때깔도 좋은지
"할매~국수요"라고 주문하면
무뚝뚝하게 헛기침을 내 뱉으며
이것저것 잡다하게 내놓고도
나올 때는 오천 원했습니다.

나는 무뚝뚝하고 헛기침하며
성깔이 있어도
손 크고 넉넉한 국수집 할매가 좋았습니다.

식당 가격표

허름한 골목 식당가
긴 나무 의자에 걸터앉아서
선지해장국을 먹다가
무심코 쳐다본
선풍기 위의 해묵은 메뉴판들

해장국 5,000원
만두국 5,000원
칼국수 5,000원

이 외의 갈비탕, 김치찌개, 두부찌개 등은
흰 모조지를 쪼개어
듬성듬성 가려 놓았습니다.

같은 메뉴판 음식들이
길 건너 식당은 6,000원인데
해장국집은 5,000원이었습니다.

아하,

단골손님 주머니를 먼저 생각했던

식당 아저씨 얼굴에는

빙그레 미소가 흘렀습니다.

만국기

늦가을 정취가 맴돌던 공연무대 위에서
두 아이가 만국기를 그렸습니다.

한 아이가
꽤나 부러웠나 봅니다.

"나도 그릴 줄 알아
 너처럼
 예쁜 낙엽을
 나도 그릴 수 있어."

캐나다 만국기를 그리던 아이가
오금이 저려 침묵했습니다.

아이들 사이에 끼어있던
질투의 신^神도 덩달아 샘이 났는지
치악산 골짜기 골짜기마다
붉은 단풍들이 곱게 물들었습니다.

영업표지판

늙은 할배들이 죽치고 놀 때와는 달리
요즘 먹고 사는 일이 힘이든가 봅니다.
금다방 주인의 고달픈 마음은
버젓이 골목길에 나와 앉았습니다.

말이고기집

중앙시장 가는
원주보건소 바로 옆 골목에는
유명한 말이고기 산정집이 있었습니다.

외지에서 놀러 온 몇몇의 벗들과 골목길을 들어서면
고기 맛과 풀 맛이 서로 뒤섞여
오늘 팔 말이고기가 모두 떨어졌다는
김새는 푯말이 눈치도 없이 서 있었습니다.

근데 말이고기 산정집은
원주 1호점과 광화문 2호점이 있었고
손님을 맞이하는 종업원들은
거의 외국인이었습니다

흰머리를 곱게 말아 올린 주인할매가 등장하면
말이고기 속에 들어 가 있는
미나리 쪽파 깻잎 등의 속 앙금들은
불판 속으로 들어가기 직전의
푸른 긴장감을 뿜어냈습니다.

토종 시래기 된장 팥밥을 나르던

동남아와 몽골,

그리고 연변 출신의 아가씨들도

토종 뚝배기들의 어색한 시선 때문인지

낯선 땅에서 뒤섞여 살아가는

둥근 눈매에는

푸른 불빛들이 부풀어 올랐습니다.

과태료

중앙동 문화의 거리를 가로질러
원주역 방향으로 걷다보면
곳곳에 설치해 놓은
간이의자들이 놓여 있었습니다.

이곳에서 쉴 때마다
얼마나 담배를 많이 피웠으면
원주시 보건소에서
흡연 시 과태료가 부과된다며
경고성 안내문을 붙여 놓았습니다.

쉼터를 흡연구역으로
쉴 때에도 구별하지 못하면
저기 탁자 위에는
한 모금씩 뿜어 되던 담배연기를 타고
과태료 용지만이 날아 올랐습니다.

간판 장식

사랑하는 사람에게
소중한 사랑이 되려면
머리핀 장식을 닮아야만 했습니다.

눈에 띄던 상가 머리에는
유난히 빛나던 머리핀 장식들
둘이 바짝 붙어 사랑놀이를 하는지

상가들마다 머리핀 장신구를 달고
밤낮 연모하며 그리워했습니다.

나도 그랬습니다.

육쌈 냉면

어울릴 것 같지 않은
돼지 불고기와 냉면이
밥상 위에서 남남북녀가 되었습니다.

고기로 냉면을 싸먹는 것이
별미 중의 별미라며
시장 초입새에 밥상을 차려놓고
휘황찬란하게 손님맞이 행사를 벌여도

썩을 놈 같은 코로나 19가
가게마다 바리게이트를 치며
한 숨만 한가득 쌓아놓았습니다.

아무리 먹고 사는 일이 고달파도
무더운 여름폭염도 이겨내고
냉혹한 겨울추위도 이겨냈는데
썩을 놈의 코로나 19 때문에
부자의 꿈은 물거품이 되어
세월 속을 떠다녔습니다.

원주 한지

고급 용지도 아닌 것이
비단 천도 아닌 것이

천 년의 세월동안
글도 남기고
옷감도 남겼으니

함께 살아 온 세월만큼
눈물겨웠습니다.

떼쟁이의 봉

나는 떼쟁이였습니다.

눈앞에 있는 물건 값은
무조건 깎고 보는 게
장땡 잡는 일이라며

가게 주인의 큼직한 손으로
덤이라도
조금 더 얹어주면
그날은 봉 잡았다며 좋아했습니다.

나 같은
숱한 떼쟁이들의 속셈을 눈치 챘는지
나이키와 뱅뱅, 하나로 마트는
물건마다 똑같은 가격표를 붙여 놓았습니다.

그래서인지
가게 문을 슬그머니 열고 들어가도
눈요기만 실컷 하고

헛기침을 쏟아내며
빈털터리로 돌아 나왔습니다.

말끝마다 생떼를 쓰던
유물 같은 얼굴들이 보기 싫었는지
매번 쩔쩔매던 주인장은 어디가고
때마다 철마다 약삭빠른
할인행사 코너만 넘쳐났습니다.

매번 찾아가던 시장골목길도
인색하게 빈 손 빈털터리로
속 좁은 모퉁이를 돌아설 때면
"덤이요 덤"이라고 외치던
봉 같은 얼굴들이 몹시 그리웠습니다.

앉은뱅이 술

함께 돗자리를 깔고 앉아
술 한 잔 술 두 잔
거듭거듭 내 잔이 비는 줄도 모르고
몸이 취하는 줄도 모르며
빈 잔을 채우고 마시다보면

늘어져 앉아 있던 시간만큼
정신 줄을 놓아버리고
애비도 에미도 몰라보며
주저리주저리 술이 술을 마셨습니다.

시장통에는
대낮에도 대포집에 마주 앉아서
끼리끼리 사는 재미랍시고
앉은뱅이 술을 마셨습니다.

술이 술을 들이키며
술이 술을 부르는 묘한 맛에 취해
집으로 돌아갈 신세도 잊고

천하태평^{天下泰平} 앉은뱅이가 되어
술이 또 술을 마셨습니다.

매번 대포집에 마주 앉아서
겁도 없이 술이 술을 마셔도
말짱하게 시장바닥을 돌아다닐 때에는
도깨비 술에 홀린 듯이 신기했습니다.

허풍

수십 년의 풍파를 이겨낸
지구보다도 더 크고
위대한 이들이
내게로 다고오고 있습니다.

따뜻한 한 끼 밥상을 차려주기 위해
천하보다도
소중한 한 인생이
지금 내게로 다가오고 있습니다.

더욱 놀라운 것은
내일이면
둘이 합하여
오십 년의 풍파를 이겨낸
두 딸이 내게로 다가옵니다.

나란 사람은
지구보다도 더 소중한 사람들이
따뜻한 밥상을 차려주고

즐거운 시간을 보내려고
어마어마한 인생들이 찾아오는
그런 사람입니다.

지금 이 순간 나도
누군가의 삶 속으로 찾아간다면
어마어마한 발걸음이 될 것입니다.

그 사람의 삶 속에서
따뜻한 우주가 될 것입니다.

나란 사람은
우주를 담고 있는 사람입니다.

가로등

낮에는 불 꺼진 점멸등이
해 걸음이 끝날 때면
환하게 천매봉 길을 밝힙니다.

밤에 피는 불꽃이 되어
천매봉 가는 곁가지 도로를 따라
일렬로 늘어선
어둠 속의 키 큰 해바라기들

천매봉 산봉우리를 닮은
고풍스러운 양 날개의 삿갓등은
어둑해질 무렵부터
새벽녘까지
스스로 켜지고 꺼지던
자동 점멸등의 눈부신 미소

길가에 나란히 두 줄로 서서
밤늦게
집으로 돌아가는

허기진 행인들을 배웅합니다.

그 길을 따라 그 길을 지나

사람도

차량도

바람도

짙은 산 그림자를 뚫고

캄캄한 밤에도 언덕길을 오릅니다.

삶의 해석

이제부터 내가 살던 곳이
서울이든
원주이든
중앙동이든
중앙시장이든
뭐 어떻습니까.

지금부터 내가 사는 곳이
서울이든
원주이든
중앙동이든
중앙시장이든
뭐 어떻습니까.

나 사는 곳이
어느 곳
어디이든

마음을 열고

희망을 품으며
그리움을 안고 사는 것

이제나 저제나
그게 인생인 것을

신발 가게

횡렬의 판매대에는
가지런히 놓인 신발들이 눈길을 끌었습니다.

나란히 일렬횡대로 서서
좌우로 양팔을 벌려 줄 간격을 맞추고
눈치껏 크기별로
알록달록 자리를 정해 놓은 신발가게

이마에 도드라지게 새겨놓은 신꼬가라는
토종 신발가게의 상호는
손님들의 마음을 들썩거렸습니다.

가게 안으로 맨발의 허름한 사람들이 들어와
무작정 싼 가격에 신고가도 되는지
손님을 위한 주인의 마음인 줄만 알았는데

무심히 가게 앞을 지나가려던 그때에
머릿속을 스쳐 지나가던
시장사람들의 먹고 살아야만 할 생계전선

이마에 붙여 놓은 가게 주인의 마음은
신이 낡은 사람들이나
신이 없는 사람들에게
싼 값에 거저 주겠다는 것이 아니라
긴박한 생계형의 구조신호였습니다.

쿠팡 티몬 위메프의 로켓배송보다도 더 빠른
즉석 구매가 가능한
원주중앙시장의 별난 토종 브랜드인 것을

그러나 중년의 가게 주인은
코로나 19로 배달 일손들이 거의 없었는지
때 늦은 시간을 마음에 품고
종종걸음으로 시장골목을 벗어났습니다.

나는 어둠이 내리던 시장골목길을 뚫고
집으로 돌아가야만 할 늦은 시간
전염성 질병을 눈앞에 놓고
하나님께 이번에도 한 번만 더 도와달라며

마음을 다해 생떼를 썼습니다.

약속이나 한 듯이 어두운 밤하늘을 뚫고
눈부신 샛별들이
시장골목길 위로 쏟아졌습니다.

깊은 밤
영업종료 시간에

와이유 커피숍

늙은 노부부가
허름한 오토바이를 타고
허리를 꼭 껴안고 와서
가을비에 젖은 아침마당을 열었습니다.

빙수와 와플과 브랜드가
서로를 꼭 껴안고 있는
문화의 거리 커피전문점

가게 사장은
아침 장사에는 서툰 딸래미인지
손님들 눈치도 없이
태양을 꼭 껴안고
날 새워 늦잠을 자는가 봅니다.

분주하게 피어나던
은은한 커피향은
양팔로 기지개를 펴며
가게 안팎을 힘껏 끌어안았습니다.

흥겨운 아침마당은 아니어도
촉촉히 젖은 커피향은
삶의 향기를 꼭 껴안고
손님들 발길 사이를 걸어갔습니다.

원주중앙시장
WONJU CENTRAL MARKET

김장기 지음

초판인쇄   2021년 11월 10일

발행인   김장기
디자인   송동욱(디자인하다)
발행처   도서출판 생각풀이
주 소   원주시 늘품로 120 @ 102-304
대표전화   010-7145-5308
팩 스   033-766-4985
출판등록   2021년 3월 31일 제419-2021-000013호
이메일   k6810@hanmail.net

ISBN   **979-11-976012-1-7**